Ce livre appartient à :

Nom :

Adresse :

Offert par :

le   201...

martine

princesses et chevaliers

Texte de Jean-Louis Marlier

d'après les albums de Gilbert Delahaye et Marcel Marlier

Le village est en ébullition !
Demain, c'est le jour de la
grande fête médiévale.
Martine s'occupe des
décorations.

— Regarde où tu mets
les pattes, Patapouf !
lui dit-elle.

8

Ensuite, Martine termine
la couture de sa robe de
princesse avec Maman.

— Je n'ai pas l'air trop
ridicule ? s'inquiète Papa.

Martine ne peut pas
s'empêcher de rire !

Le grand jour est arrivé !
Patapouf ne comprend pas ce
qu'il se passe.

— Pourquoi cette charrette ? Pourquoi ces déguisements ? demande-t-il à Martine.

— Nous voyageons dans le Moyen-Âge ! répond sa maîtresse.

Tout est prêt pour ce grand voyage dans le temps : plus de bruits de moteurs ni de klaxons ! Même les panneaux routiers disparaissent sous un grand drap blanc.

— C'est la rue que je vois tous les jours, dit Patapouf, mais rien n'est pareil !

Sur la place du marché,
l'écrivain public propose
des calligraphies.

— Pourriez-vous écrire mon
nom avec cette plume ?
demande Martine.

Un peu plus loin, Martine reconnaît le potier : c'est Bernard, le banquier qu'elle croise d'habitude en chemise blanche et cravate.

— Souhaitez-vous un joli pot ? Ou une cruche ?

En se retournant, Martine bute contre une armure.

— Pardon, Monsieur ! dit-elle, confuse.

— Il n'y a personne là-dedans, se moque Patapouf.

— Bien le bonjour, gente damoiselle ! dit une voix derrière Martine.

C'est Cédric ! Il a fière allure dans son costume de prince.

— M'accordez-vous cette danse ? demande-t-il. Martine n'attendait que cela, et virevolte au son des instruments.

Après la danse, place au tir
à l'arc.

— C'est difficile de
tendre cette
corde, dit
Martine.
La flèche prend
son envol… mais
retombe aussi vite !

Plus loin, on se bat à

l'épée…

— Je sais que c'est un

combat pour rire, dit

Martine, mais c'est

impressionnant !

Les épées s'entrechoquent,

et le meilleur remporte

le combat.

Envahissant la place,
les jongleurs mettent fin à
la bataille.

— Deux boules, c'est
fastoche, remarque Martine,
mais trois, c'est plus
compliqué.

  — Allons à la quintaine,
propose Cédric.

— Il faut être très bon

cavalier, explique Cédric.

Pour l'encourager,

Martine attache à la

lance le ruban de sa

coiffe, comme les vraies

princesses.

Elle observe Cédric : il tente de toucher le bouclier du mannequin tout en maîtrisant son cheval. Il manque de tomber, mais évite le choc de justesse !

— Tu es mon héros ! lui dit Martine.

La nuit est tombée sur
la fête.

Au-dessus du feu, gigots
et cochons de lait cuisent
doucement. **MMh !**

Des baladins s'en viennent
conter leurs fables.

Martine et Jean
sont fascinés !

Les deux amis partagent un dernier jus de pomme en se remémorant leur journée.

— J'avais presque oublié le vrai monde, soupire Martine. Dommage, demain, tout sera redevenu comme avant.

— En attendant, profitons des derniers instants, dit Cédric. Santé !

http://www.casterman.com
D'après les personnages créés par Gilbert Delahaye et Marcel Marlier / Léaucour Création.
Achevé d'imprimer en novembre 2011, en Chine. Dépôt légal : Février 2012 : D. 2012/0053/104.
Déposé au ministère de la Justice, Paris (loi n° 49.956 du 16 juillet 1949
sur les publications destinées à la jeunesse).
ISBN 978-2-203-04877-5
L.10EJCN000295.N001